성연 시인선 20

어사화

최순연 시집

도서출판 성연

시인이 되기 위해 늦깎이 시 공부를 시작하였다. 황혼의 늦부지런이 나서 시 창작 배움이 즐거웠다. 하루하루 시를 읽고 짓는데 힘든 줄도 모르고 정진해 나갔다. 처음에는 시가 어려웠지만 하고 싶은 마음이 간절했기에 열심히 배워서 많은 독자들이 읊을 수 있는 명작을 짓겠다는 마음을 다짐 또 다짐을 해 보았다.

그리고 호산나 교회 문예창작반에 들어가 김명길 교수님의 시창작 지도를 받는 행운을 얻었으며, 시와늪 배성근 회장님에게 지도를 받기도 했다. 이와 같이 노력한 결과 시인의 반석에 올랐다. 그리고 많은 선배 시인들에게 조언을 받기도 했다. 무엇보다도 나 자신의 노력도 한 몫 했다. 노년에 하고픈 일을 열정으로 무에서 유를 창조하는 굳은 신념의 철학이 내 삶의 세계를 살아왔기 때문이다.

노년들 삶은 단순하고 참으로 메마르고 허전하다. 노년의 삶을 변화시키는 힘은 문학을 하면서 확신을 가졌고 점점 키웠다.

내 마음속에 초록의 물결 같은 자연의 아름다움으로 승화시킬 수 있다는 목적을 가지고 부단한 노력을 했다. 이 노력이 사계절 내내 행복한 노년의 시간을 보내게 되어 행복한 지금이다. 긴 시간동안 열정을 쏟은 결과 시인으로 인증을 받는 등단의 주인공이 되었다. 그리고 그동안 외손녀 다운이가 "할머니 열심히 시 짓기를 하여 유명한 시인이 되시고, 나는 그림공부를 열심히 하고 그림을 그려서 좋은 대학가서 유명한 화가가 될게요. 할머니는 시인, 나는 화가 그렇게 해서 합동으로 전시도 하고 책도 내어요" 하면서 서로 약속을 했다. 약속대로 아름다운 변화의 원천이 되어 그날이 온 것이다. 늦사리 시집 "어사화"를 외손녀 다운이와 함께 탄생시킨다.

이 모든 것이 감사하다. 아직 부족하지만 예쁘게 읽어 주시고 그림을 감상해 주시기 바라며, 앞으로 더욱 정진하고 노력할것을 약속드린다.

손녀는 지금 오사카 영사관에서 선정된 교토예술대학 유화학과 장학생으로 학업에 열중하고 있다. 이것은 서로의 약속을 지키고 있다는 것이며 감사하고 또 감사할 따름이다.

2024. 7. 30 이안 최순연

1부. 태풍

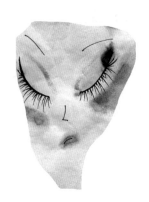

2부. 얼음꽃

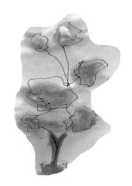

3부. 우포늪

4부. 가을들녘

5부. 어사화 서평

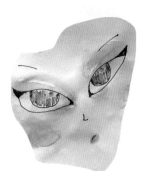

▲최순연 시인은 경남 창녕에서 출생했다. 부산에서 고등학교 졸업. 주) 금성사 자재과 근무. 주) 고려상호저축은행 상임 감사 역임. 주) 모닝글로리 부산지사 지사장 역임. 주) 참존유통 부산지사장 역임을 했으며, 호산나시니어 아카데미 문예창작반 수강. 계간 시와 늪 작품 발표 중. 계간 시와 늪 50집 신년호 시 부문 신인문학상 수상으로 등단 문단에 나왔다. 계간 시와 늪 작가상 수상했으며, 용지호수 시화전시, 진해해양공원 시화전시, 창원 마산 3.15 해양 누리공원, 강원도 태백시 자연사박물관 앞, 태백시 칠암역 앞, 전국문인시화전시 참여, 동인지<마르지않는 샘 1>작품 발표, 개인시집 <어사화>를 출간 했다.

▲ 이다운 작가는 최순연 시인의 외손녀이다. 본 시집<어사화> 속의 그림은
이다운작가의 작품을 담았다. 이작가는 부산 부일외국어고등학교 졸업 후
현재 교토예술대학교에 재학 중이다.

1
부

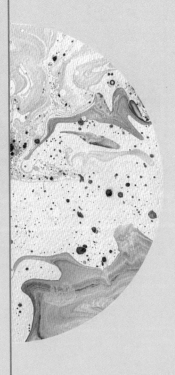

태
풍

침묵의 촉촉함

후덥지근한 날들이 계속되는 날
하지가 오면 여름이 무르익어 간다
장마가 시작되면
안팎으로 힘든 날이 많다
그렇지만 촉촉함이 좋다

창밖의 소나무와 가로수 초록 잎들
춤추며 바람결에 속삭인다
산들바람에 흩날리며 내리는 비
그리움과 메마른 내 마음에
살며시 스며드는 촉촉함

그리워서 보고파서 찾아간 그곳
촉촉한 봉분 위에 잔디만 가득
어서 와 보고 싶었어 말 한마디 없네

눈물만 뚝뚝 훔치면서
뒤돌아서는 나의 슬픈 모습

푸른 숲속의 촉촉함과
해무만 가득

천국의 계단

따뜻한 디 카페인의 커피 한 잔 마시며
지난날의 추억 속에 잠겨본다
희로애락喜怒哀樂 같이하며 살아온
한마디 말도 없이 떠난 당신
소리 없는 눈물만 흐르네

울지 않으려고 몇 번 다짐도 했지만
52년의 긴 세월 사랑해 준 당신
홀쩍 떠난 뒷모습을 그려봅니다
못다 한 끝맺음도 못 하고 가버린 설음
한없는 추억만 남기고

큰 병에 시달려 안녕 인사도 못한 채
천국의 계단을 밟으면서
한 계단 두 계단 오르시겠지
육신은 흙으로 떠나보내고
영혼은 천국으로 발돋음하면서

나 병원 갔다 올게
한마디 말 남긴 채
가버린 사랑님
난 어떡하라고·...

봄의 속삭임

똑똑똑 누구셔요
살랑살랑 봄바람 노크하시네
싱그러운 미소로 손짓하네

예쁜 꽃봉오리 봉긋 꽃망울
연두색 풀잎은 꽃바람에 춤추고
사랑하며 놀자고 꽃밭 길 가자네
우리 손 잡고 가요 어딜요
광양 매화꽃 안동 매화꽃 동산

봉긋 솟은 몽우리와 활짝 핀 매화꽃
화사한 봄이 제일 먼저 찾아온 매실촌
쑥덕쑥덕 산자락 산수유꽃 손짓하네
구례산동 노란 꽃 물결 출렁출렁

온천지 봄 동산 내 마음 설레네
초록색 보리 밭둑 쑥 뜯는 할멈

활짝 핀 민들레 온갖 예쁜 들꽃들
꽃향기 가득 뿌려주네
내 가슴속에

화개장터

시월 해거름 마지막 날
단풍잎 나부끼는 저녁노을
햇님은 서산에 걸터앉아
빨알간 홍시처럼 인사하네

아랫마을 윗마을
땀방울 맺힌 농부들 농산물
자연산 송이버섯
샛노란 늙은 호박
하동 재첩국
하동 차 약초들
좌판에 걸터앉은 풍성함

경상도 전라도의 노랫가락에
관광객 몰려들지만
화개花開는 보이지 않고
만추晚秋의 해거름 녘
내 마음속 시詩들이 나부낀다

산사풍경 山寺風景

가을바람 타고
울긋불긋 단풍길
산등성 오르고 또 오르니
소나무 향기에 넋을 잃고
하늘을 본다
에메랄드빛 영롱한 하늘
그 향기 머금고 멋진 적색 기둥
초록빛 잎사귀 솔 향기 솔솔

솔숲 깊은 곳
시들은 야생화
산사의 풍경소리
곱게 물든 단풍들
나 잘났다고 옷 자랑하네
우수수 떨어진 낙엽들
휘날리네 내 발등에

깊고 깊은 숲속 골짜기
조잘조잘 계곡물 합창 소리
단풍잎 종이배 띄워
산골짜기 소식 전하네

향수 鄕愁

내가 태어난 고향 유어
낙동강 줄기 따라
수많은 사연들을 조잘거리며
유유히 흐르는 강물
지금도 변함없이 흐르고 흐르네

뒷동산 나지막한 잔디밭과 푸른 들판
6·25 동족상잔의 뼈아픈 전쟁
많은 인맥들이 죽음의 시체로
강물이 핏물 되어 흐르던 강줄기

여름이면 참외 수박들의 잔칫상 펼치고
원두막 앉아 놀던 시골 풍경 그립네
낙동강 넓은 모래사장 모래성 쌓고

물새알 찾아 줍던 그때 그 친구들
지금은 어디서 뭘 하고 사는지

홍수가 지면 세찬 빗줄기 맞으면서
흙탕물에 떠내려오는 돼지 소

온갖 농작물도 떠내려가는 낙동강 물
구경하던 그 옛날이 그립고 그리워

하롱베이 HalongBay

하늘에서 용이 내려와 내뱉은 보석 전설
에메랄드 바다에 가득 뿌려진
섬과 기암괴석 그리고 수상가옥
우뚝우뚝 솟고 드러누운 절경
이천 개도 넘는다고 하네
젖꽂판 솟구친 산봉우리들
옥구슬 찰랑찰랑 맑은 물
생기가 넘쳐나는 수초들의 춤사위
얼쑹덜쑹한 꽃밭이 널려있네

섬 사이길 따라 노젓는 가족 뱃놀이
옛날 '인도차이나' 영화 화면이
온 하늘을 뒤덮고 울려 퍼진 세레나데
잔잔한 녹주옥綠柱玉 섬들의 화음
그 아름다움에 취해 피곤치 않네
가족여행 마지막 날 뜨거운 햇살들이
핏빛으로 물들고 붉은 노을의 환상
하롱베이 품속에서 춤추는 추억의 행복

물 위에 집을 짓고 고기잡이하는
깡족이 모여 사는 봉비엥 마을
천사처럼 때 묻지 않은 조무래기들 미소

자연을 닮은 사람들이
몰려든 관광객들과 어우러져 산다

아내의 길

푸른 꿈 어진 새색시가
사랑이 넘친 삶의 길을 찾는다
희망을 가득 머리에 이고
널따란 길 빛나는 길
환희가 넘친 길을 찾는다
그 길은 사랑과 진실이 가득한
생명의 삼투압 길 텃밭에
새싹들이 고개를 내밀면
하루종일 종종걸음 걷고 뛰어
무명 적삼 땀에 흠뻑 젖으면
환희와 기쁨이 넘친 행복의 길이 열린다
어둠이 지붕 말랭이에서 내려오면
젖을 빨았던 푸른 애솔들이 어우러져
재피방에 꽃길이 화들짝 펼쳐진다
이제는 백발이 다된 새색시
삶의 거센 파도를 헤치고
세월의 물결 속에 헤매던

삶의 푯대는 황혼과 함께
기쁨과 환희로 가득 차고
질곡의 세월을 포근히 감싸 안고
마음과 영혼은 맑고 평화롭게
황혼의 길을 걷는다

태풍

빼어난 의료기술
큰 병원 찾아가는 날
창백한 얼굴 헐떡거리며 이따금 거친 숨소리
태풍이 바쁜 걸음으로 성큼성큼 따라와
세찬 바람이 나무들을 흔들고 부러뜨리고
전봇대는 엿가락처럼 휘어지고 부러지고
온 천지가 태풍 눈 따라 춤을 춘다

진료 쪽지 들고 영상진단실 순례
마스크 끼고 눈방울 빠끔 내민 명의
사진 여러 장 컴퓨터 뒤척뒤척
세 번의 심장 수술을 해야한다
'수술하면 80 퍼센트는 살 수 없다
그리고 칠십 중반 노인 수술은 어렵다
슬픈 진단 태풍이 덮쳤다
내 마음 녹아내리는 절망의 구렁텅이
먹구름이 온 집안을 휘감았네

아 하나님 어쩌면 좋아요
어둡고 고달픈 긴 세월의 터널을 뚫고
푸른 행복을 찾아 여기까지 달려왔습니다.
주여! 우리를 사랑의 가슴으로 안아 주소서
비바람 불어도 기도로 울부짖었다
비풍참우(悲風慘雨)의 늪에서 허우적거리며
태양이 솟아 밝은 빛을 비출 때까지
매일 밤 눈물범벅 기도를 드렸다

태풍이 세 번이나 몰려온 혼돈상태
고통을 비바람 속에 가득 안고
큰 병원 오르내리기 육십육일
끈질긴 약물치료로 명의는 먹구름을 쓸어 냈다
태풍과 비바람이 싹 쓸어 버렸다
드디어 살아난 내 일생의 님
감사와 환희!
더덩실 신명 난 춤사위 한 판 솟고라진다.
밝은 태양이 떠 있고 세상이 아름답게 빛난다

칠순여행 七旬旅行

낙동강 끝자락 갈대꽃 한들한들
철새들이 떼 지어 재잘거린 뭇소리
노니는 한 폭 그림
참 아름다운 자연의 섭리
그들처럼 훨훨 날아가고 싶다

산자락 흘러내린 곳마다
노릇노릇 가을빛 향긋한 갈꽃 내음
늦가을 골짜기 숲속에 빠져든다
예쁜 단풍잎들이 하늘거리고
야생화들이 무리지어 반긴다
산꼭대기까지 자연과 한 몸이 된
큰딸과 나

솔바람 산바람 골짜기바람
억새풀이 자늑자늑 흔들리고
동해바다 푸른 파도

세차게 밀려 온 흰 포말
내 마음 상쾌하고 시원하다
칠순 넘으면 자유롭다 편하다
즐거운 삶 황혼의 삶 나만의 삶
이제부터다

겨울나무

알록달록 멋진 드레스 훌랑 벗고
맨살로 오들오들 떨고 있는
겨울나무 누굴 기다릴까?

찬바람에 겨울옷감 날려 보내고
윙윙 세찬바람 몸을 흔들며
참회의 눈물소리를 냅니다

겨울새 나뭇가지에 앉아
끄덕끄덕 위로 말 속삭이지만
바람에 떠밀려 나목을 흔듭니다
햇님도 어느새 힘이 빠져서
구름 속에 숨었다간 다시 나와서
힘내라고 응원하네요

나무야 나무야 겨울나무야
백설 공주 한 아름 솜털 가져와

하이얀 드레스 입혀줄게
조금만 참고 있으면 곧 올 거야
함박눈 입혀주러 · · · ·

화창한 봄날

창가에 비치는 따스한 봄날
겨울은 밀리지 않으려고 발버둥을 쳐도
하는 수 없이 얼음과 찬바람 안고
밀려가는 설화 꽃 눈꽃
폭설은 녹아서 물줄기 되고

우리 집 정원
소나무 청솔가지 흔들고
목련이 하얗게 봉오리 몽실몽실
어여쁘다 너의 꽃잎 백의천사
사랑한다 어서 오너라 입맞춤해 주며
개나리도 함께 손뼉 치며 웃네

살랑살랑 봄바람 나비 부르고
오색 잎 모여서 꽃잎 뿌리는 봄
벚꽃의 향연 안개꽃 향연
나풀나풀 춤추며 내 마음 즐겁게 해주네

구름의 세레나데

하늘에는 시커먼 회색구름
내 마음은 깔아 앉고
마음 상처 가득
2022년 2월
그이의 갑작스런 삶의 마감
그 고난을 잊으려고
맹세했건만 · · ·

커피 한 잔으로 마음을 달래본다
다시 못 올 머나먼 곳 가신 임
잊으려고 애써 봐도
52년 쌓이고 쌓인
사랑 속의 추억들

하염없이 눈물이 주룩주룩
바보처럼 허공으로 날아오른다
모루구름이 나를 부른다
흰색 양떼구름이 나를 감싸준다

난 강해질 거야 날 흔들지 마
회색 구름 가고 몽실몽실 뭉게구름
아름다운 시의 향연을 또 향기를
나에게 취하게 해다오

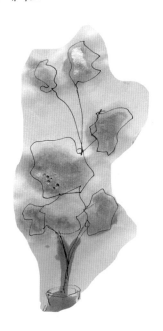

낙엽

가을의 실바람 향기 속 빠알간 단풍잎
넘 아름다워 눈이 부시다
초봄의 연두 잎 희망을 주고
여름엔 초록 동산 만들어 그늘 주더니

어느새 빨강 노랑 오색 잎 되어
아름다운 아낙의 얼굴 같구나
바람의 흔들림에 툭툭 떨어지고
한잎 두잎 사라져 가는 낙엽들

하고 픈 것 다해보고 비록 날려가지만
또 희망이 있잖아 내년 봄 기다림
허나 인생은 그렇지 않아
행복도 슬픔도 다 겪고 난 뒤

낙엽 되어 떠나가면 다신 못 오잖아
기쁜 마음으로 바람과 함께 잘 가
낙엽들 안녕 내년에 만나

2부

얼음꽃

꿈을 키우는 마음

이안 최순연

세상 빛 놀란 울음소리
넌 기쁨을 가득 안고 태어났단다
유치원 다녀오면 그림 한 장 그리고
할미 앞에 재롱 피우던 아기 이다운
마음이 숭굴숭굴 마음씨 너그럽고
값진 꿈과 끼를 안겨 준 외손녀

어릴 때 미술대회 나가면
최우수상만 타던 우리 아기
고사리 같은 손으로 곧잘 하더니
이제는 어엿한 대학생이 되었네

길고 긴 세월 배움터에서
갈고닦은 꿈 많은 소녀시대
바늘구멍 뚫고 일본 유학길
교토예술대학교 미대유화학과
환희의 함성 온 가족의 기쁨 꽃

훌륭한 색채 그림 조화
타고난 소질 꿈을 찾아
너의 큰 소망 이루거라
할매는 기도할게

천국의 계단 2

이안 최순연

기나긴 세월 아픈 마음
가시밭 하룻길 견디고 산 나
희로애락喜怒哀樂 동반자同伴者 길
운명殞命 후 힘든 세월 보내면서
다시 못 올 길 훌쩍 떠난 당신
소리 없는 눈물만 흘렸었지만
난 잊어버리기로 결심했어

편안하게 천국에서 잘 살아
나도 언젠가는 떠나야 할 길
인생무상 산 세상이 중요하잖아
당신은 이승에서 훌륭하게 잘 살았어

훌쩍 떠난 뒷모습을 그려보며
당신도 원한 우리들 외손녀
좋은 대학 일본 유학생 됐어
넘 기뻐할 당신 그리며

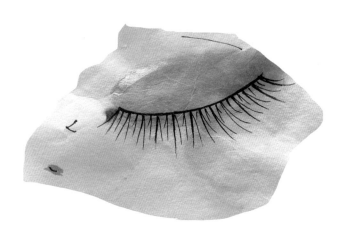

구절초

비온뒤 산책길 한 모퉁이
새하얀 드레스로 장식한 너
청아하고 송골송골 이슬 맺힌
너의 모습 아름답구나

9월이면 약초 효과 제일인 너
아픈 환자들의 영웅
현실에서 얼마나 널사랑 하겠니
노랑모자 머리에 이고 많이번식 하여서

만인의 기쁨 아홉 마디의 너의 몸체
세상의 빛이 되어라
아름다운 너의 마음씨 사모하네
사계절 고통당하면서 완성된 너의몸체
향기가 가득해
사랑 하네

송도의 밤

찬바람 나부끼는 초겨울
진한 가을 향기는 떠나가고
스산한 밤공기 마시러 걷는다

바닷가 찰랑이는 파도소리
먼 등대와 야경이 별빛처럼
어우러져 아스라이 아름답다

뭇사람의 생활 터전 송도
아름다운 소야곡이 흐르고
밤바다의 하늘 끝자락
별빛이 은구슬처럼 쏟아지고
찬바람이 내 귓전을 몰아친다

낭만과 기쁨이 있는 송도바닷가
조용하지만 않고 사랑과 꿈이 샘솟는
솔숲에는 젊었을 때 추억들이 묻힌 곳

맛있는 조개구이 서로 나누며
연인들과 친구 지인 소주 한 잔
주고받는 사이에 깊어만 간 송도의 밤

설경상상 雪景想像

한겨울의 시작
대롱거리던 한 잎의 낙엽도
뚝 떨어진 싸늘한 바람
그마저 바람이 스쳐간다

올해 달랑 한 달 남은 12월
소용돌이쳤던 고난은 저 멀리 가고
웃었다 울었다 했던 날들
일기장日記帳 한 쪽에 남는구나

왠지 올해는 하얀 설경이
대지를 뒤덮을 것 같은 예감
흰 눈이 지나간 한해를
깨끗하게 씻어 줄 것 같은

상상 속 나래를 펼쳐본다
하얀 눈 밟으며 사랑하는 사람과

봄을 기다리고 싶다
백의의 천사가 되고 싶다

검은 토끼가 되어

눈 내린 하얀 들판에
외로운 검은 점
님 잃은 검은 토끼 한 마리
폴짝거린다

올해도 펼쳐있는
하얀 백지 열 두 장
한 장 한 장 검은 붓으로
적어 나가야 한다

올해도 한 고개 두 고개
쉬엄쉬엄 열두 고개
영민하고 민첩한 토끼처럼
넘어가련다

너의 지혜 본받아
한 발짝 두 발짝 열심히...

얼음꽃

눈 쌓인 산등성 커다란 바윗돌
양지바른 돌 틈 사이 쏘옥 내민 너의 모습
샛노란 얼음꽃 복수초

얼마나 추웠으면 새파란 질린 얼굴
새하얀 눈 속 노란 꽃잎
대견스런 모습 강한 너의 의지

노랑에 고사리 같은 꽃받침
너를 감싸주고 보호해 준 잎
조금 천천히 피면 될 텐데
봄을 재촉하는 너의 마음 알겠노라
사랑해~ 너를 안아주고 싶다

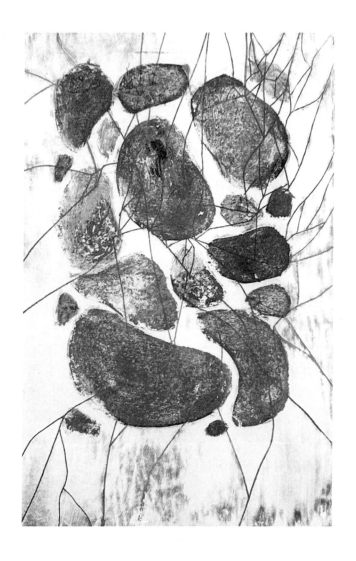

어사화

햇볕이 강한 늦은 봄날
피부가 따끔따끔하다가
곧 8월 여름이 올 때쯤
하늘하늘 춤추는 무궁화
짙푸른 계절 따라
민족의 품으로 안긴다

강인한 너의 모습
별빛같이 빛나던 젊은 시절
조선 시대 장원급제
어사화같이 춤추는 꽃

신라 시대 최치원 선생
당나라 사신 보낼 때
무궁화의 나라 팔레스타인
영어로는 샤론의 장미
무궁화는 영광의 꽃

고급 공무원의 뺏지
더욱 번성하여 온
국민이 사랑하는 무궁화

아침에 피었다.
저녁에 지는 부지런한
백의민족 닮은 너

나도 한 그루 무궁화 키우면서
발코니에 핀 너를 보며
아름답게 감상하며
이 나라의 평화를 기원하네

이른 봄

희뿌연 새벽안개
아파트 숲 고샅길
널브러지게 점령하고
적막 속 졸고 있는 가로등
샛별만 초롱초롱 빛나네

달빛은 부끄러운 듯
살짝 제자리로 돌아가고
빨간 하늘빛 온 세상 뿌려
동장군 움츠러뜨린 겨울나무
잠을 깨운 꽃샘추위

봄을 기다리는 움버들
매화꽃 향기에 취하여
잎이 움틀움틀
워르르 흐르는 시냇물

목화꽃

예쁜 꽃 목화꽃 그리운 꽃
살포시 붉은 줄무늬 흰 꽃봉오리
방울방울 달린 초록 열매
달달한 다래 맛 간식거리
우리집 목화밭 정겨웠던 놀이농원

목화송이 하얀 솜꽃 보송보송
엄마 길쌈 바쁘고 고된 하루
실 뽑는 물레씨줄 날줄 베틀
북 실 한 올 한 올 들락날락
정적을 깨뜨리는 베틀 소리
밤낮없이 힘든 엄마 길쌈

스무 자 무명베 한 필
따뜻한 겨우내 솜옷 한 벌
아랫목 푹신한 솜이불
어머니 사랑 듬뿍 꽃 피었네

잠깐 볼 수 있는 진달래

먼 산 아래 진한 꽃분홍 화폭
아름다운 너의 모습 보고픈 마음

젊은 시절 너를 만나 만져 본 촉감
아직도 기억 속 사라지지 않지만
만인의 눈과 마음을 즐겁게 하고

나 또한 너로 인해 소녀의 감성 (사랑)
느껴 얼마나 얼마나 기쁜 날을 누렸고
행복 속의 그날을 상상해 본다

자연의 섭리 인간의 감정을 조절하는 너
고맙고 고맙다 너의 모습 질 때까지

즐거운 마음 만족한 마음
비교할 수 없는 너 진달래 화전도
만들어 주던 엄마

낙동강 전투

일요일 새벽 고요한 농촌 마을
포탄 터지는 소리 총알 나는 소리
새벽을 깨웠다 온 동네가 불길 쌓인 전쟁
아군과 적군의 탱크와 총격 소리
아이들의 울음소리 소스라친다

전쟁이다 남쪽으로 피난 갈 준비
아버지와 어머니는 짐을 꾸리시고
이미 낙동강 전투가 시작되고
탱크와 총탄 속에 파묻힌 군인들
피바다가 된 산과 들
불꽃 튀는 육이오 소름 돋는다

점령당한 우리 국군 마지막 방어선
적군에게 죽임당하며 맞서 싸우는 국군
무서워서 낙동강 어귀에 수많은 시체 더미
핏물이 강물보다 새빨간 전쟁터
내 나이 4살 걸어서 피난 나섰다

밀양까지 걸어서 발꿈치 피가 흐르고
아군과 적군들의 시체 뒤엉켜
살려 달라는 비명소리 생태보고
울면서 지날 수밖에 없었던 그때 기억
너무나 큰 상처 지울 수 없는 흔적들
유엔군이 합류하면서 국군은 서울까지 수복했다

대한민국 만세!
우리는 다시 집으로 돌아올 수 있었다
후세에는 전쟁은 정말 없어야 할 것이다

탐라 제주 바닷가

마음이 울적해 여행을 떠났다
속이 시원한 제일 큰 섬
동백꽃도 피었고
유채꽃도 피었다

맑은 하늘 하루 보고
보슬비가 쉼 없이 내리는 하루
바닷가 예쁜 카페에서
파도치는 모습 감상하면서

너울성 파도가 쉼 없이 밀려와
허전한 내 맘을 후려친다.
정신 차릴것이라 제발
검은 돌들이 파도에 부딪혀
다시 돌아가곤 하네

커피를 마시고 한라산 천백고지

다시 가고픈 곳
자연이 있고 철새들이 지저귀고
습지에서 연두색 나뭇잎 속에
내 마음 옛 추억에 잠겨
어린 소녀의 감성이 살아난다

저녁노을

햇볕이 빠알간 하늘에
낙동강 하구 뚝 둘레길
산책길에 나섰다

개나리 진달래 벚꽃들이
봄바람에 다 떨어지고
내 얼굴에 스쳐 간다

강가엔 예쁜 철새들 한 쌍
자맥질하면서 사랑을 나눈다
손잡고 거닐던 그 임님은 가고
나 홀로 걷고 있다

시곗 바늘처럼 동그라미 그리면서
세월은 비켜 가지 않고
강물은 쉬지 않고 유유히
저녁노을에 비친 내 얼굴은
주름살만 늘어가네

소나무

솔바람 솔솔
지저귀는 새소리
예쁘게 머리 내민 송순(松筍)
송홧가루 흩날리는 창밖
곰솔 아저씨 해송 아줌마
꽃가루 날리기 사랑놀이
온 세상 떠들썩거린 노랑 꽃가루
일 년에 한 번씩 솔방울 씨앗

산에만 살던 소나무
사람들과 어울려 살고 싶어
아파트 창밖에 모여 살고
큰 길 가로수 줄지어 섰네
초록 옷 예쁘게 차려입고
사철 푸른 인사 희망 주네

슬픔과 기쁨 나누며 살아온 너

배달 삶 곳곳에 향기 뿌리고
비바람 눈보라 이긴 힘찬 소나무
으뜸 솔 난 넋을 잃었다
어서 한 아름 큰 둥지 되어
푸른 마음 푸른 노래

3부

우포늪

갯숙부쟁이

고즈넉한 산사의 계곡 옆
온화하게 자리 잡은 너

넘 예뻐 한 컷 찰칵
하얀색 청아한 향기
연보라색은 마음의 안정을 주는 향

물소리 졸졸 장단 맞추며
살랑살랑 춤추며 노닐고
지나가는 내 눈에 윙크하네

사랑하노라 너의 모습
노란 얼굴에 보라색 리본 달고
지나가는 사람들께 유혹하네

감성 사이로 흐르는 물
찰 삭 찰 삭 낭만 사이로
너의 모습 성숙해지면

무릎 아픈 시니어들 치료해 주고
가을의 소야곡에 흠뻑 젖으렴

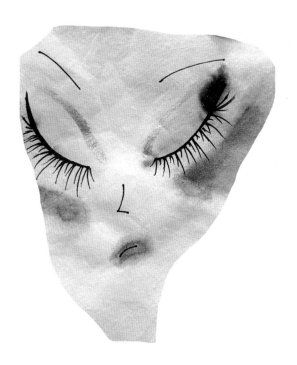

야생갓

은은한 연보라 드레스 입고
삶의 향기가 내 머릿속에 남겨져 있고
곰보 같은 얼굴 미녀는 아니어도
굳센 너의 절개와 강한 삶의 의지
본받고 싶다

갓김치도 맛깔나지만
자연에서 고귀한 맛을 창조한 너
어느 레스토랑의 야채 샐러드
촘촘히 썰어 오색 빛깔과 함께한
맛난 소스 곁들여 먹고
난 너 잊을 수가 없구나

자연의 향기 또다시 보라색의 고귀함
인류에 찌든 성인병
아름다운 여인의 양귀비
넌 모든 사람의 매력적인 사랑꾼

갈대

찬바람 갈숲에 불어오면
휘날리는 갈대
양털같이
부드러워 보인다

넘어질 듯 휘었다가
다시 일어나는 오뚝이처럼
하늘거린 넓고 넓은 갈밭
천사처럼 아름답다

새파란 하늘 아래
손짓하며
구름과 미소 짓네
산길 오르는 등산객
살랑살랑 휘감아주네
가을 산을 수놓은 양털 구름
포근한 솜이불

억새

떼구름 몰려든 노고단 정상
하늬바람 살랑살랑
하얀 양털 옷 갈아입고
휘날리는 억새꽃 춤사위
모시 적삼 여인들의 한 판 춤

춤추는 농악놀이
선녀처럼 아름다워
넘어질 듯 휘었다가
다시 일어나는 군상群像들

새파란 가을 하늘
흥겨운 여행객 살랑살랑
오색 빛 단풍 친구삼아
멋진 화폭 그려내는
억새밭 가냘픈 여인이어라

한라산 설경雪景

눈 내리는 천백고지 환상적인 한라산 설경!
새하얀 목화송이처럼 흩날리는 폭설의 풍경
화면에서 너의 멋진 모습을 볼 때
불현듯 솟구치는 보고 싶은 너의 아름다움

새처럼 날아서 나 여기 왔노라
진눈깨비는 하염없이 내려서
너의 온몸을 휘감아 감싸주는 눈의 군상群像
앙상한 가지를 껴안고 서 있는 나목裸木들
새하얀 폭설은 솜털 양탄자처럼 깔렸고
눈꽃 수풀이 펼쳐진 한라산 순백의 세상
하얀 눈 속에서 떨고 있는 한 폭의 수채화

천백 고지 습지千百高地濕地 생태 늪 공원
곳곳에 자리 잡은 소택지沼澤地 아름다움
맑은 물가 오리들이 노닐고
새하얀 눈꽃가루가 안무를 펼친다

한겨울 등산객들에게 자연이 주는 최고선물
몰려든 관광객 도취되어 감탄 쏟아질 때
시샘하듯 쏜살같이 몰려드는 운해雲海
안개가 산기슭을 덮고 앞이 안 보일 때
내 여인의 마음 울적해
아니 기쁨의 환희
한라산은 아름다워! 생태계 습지 보물

미소

사랑해 사람들의 표정 속 미소
얼마나 값진 인생 내면의 표현
사랑스런 너의 모습 내 머릿속 저장

추운 겨울 살얼음판 눈보라 속에
살며시 움츠러든 생각에 잠겨도
다시 한번 내 머릿속 미소로 스르르

환상 속의 너 그리워하다
옹골찬 너의 마음 살포시 들여다보면
천사 같은 넓은 맘 확인해 본다

사랑의 돛단배처럼 살랑살랑 미소 진 얼굴
깨어있는 마음으로 세상을 보다
두려움도 평화도 미소 속의 평화

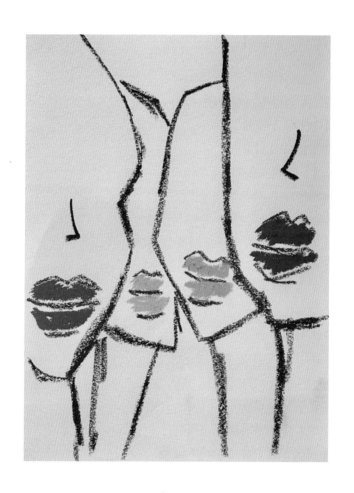

산책길

하늘은 가벼운 새털구름
새하얀 구름 속에
흰 양들이 노닐고
뭉게구름 피어오르네

강물과 바닷물이 힘 겨루는 하구언
맑고도 아름다운 청아한 너울성 파도
철새들 보금자리 낙동강 끝자락
새들이 자맥질하면서 먹이를 찾는다

강변 숲길은 방풍림 길
숲길 강변 둑길 천천히 걸으면
청명한 물결 따라 강바람 불고
갯내가 어린 바닷바람
솔바람 솔솔 향기로 어우러져
내 마음을 포근하게 감싸주네

생태계가 살아있는 우리 집 곁
산책길 행복의 보금자리길

탱자

휘영청 달 밝은 밤 초가집 울타리에
하얀 꽃 예쁜 꽃은 오월의 백색 공주
달빛에 눈이 부시도록 혼비백산 그 향기

갈바람 불어오면 오곡이 무르익고
탱자의 황금열매 노란 공 초롱초롱
친구들 탱자 공놀이 즐거웠던 옛 추억

로빙화 카페의 풍경

바닷바람 하늘거린 해변의 카페
고즈넉한 인테리어가 마음에 드는
은은한 음악 소리와 편안한 의자
흑색 돌과 바윗돌 하얀 파도 철석
낭만이 넘치고 행복이 넘치는 로빙화 카페

로빙화 통나무집 실내장식
멍청할 로 얼음 빙 꽃 화
꽃 전설의 이야기꽃 주렁주렁
밝고 경쾌한 예술의 정신
차와 음식 어우러진 바닷가 파도
편안한 맘 가슴에 저며 들고
주인장 젊은 부부 해맑은 행복 꽃 가득

어느덧 저녁노을 빨갛게 물들 때
파도 소리 멀리하는 아쉬움 안고
아름다운 탐라의 맑은 공기 속
숙소로 발길을 뚜벅뚜벅 걷는다

우포늪

사랑님 홀로이
병실에 모셔두고
무겁게 오는 길
태고의 신비 소벌못
우포늪 들렸다

나 어떡해 우포야
너의 넓은 품으로
나의 눈물을
씻어다오

폭우

고즈넉한 연못 정원이 있는 집
봄비 내리면 개구리 두꺼비 우는 소리
연못 속 금붕어는 한가로이 노닐고
희미한 가로등 빛 춤을 추고
봄바람은 불볕더위에 저만치 밀리어가네

장마전선 먹장구름 떼구름 몰고 오면
어느새 날씨는 변덕쟁이
빗방울이 커진다 자드락비 장대비
평화롭던 마음이 흔들거리고
가슴은 쿵덕쿵덕 싸늘해지고
번갯불은 번쩍 하늘 깨지는 소리
폭우가 창을 휘몰아친다

해마다 찾아오는 무서운 자연의 섭리
홍수피해물에 잠긴 집들 많은 인명 피해
자연은 아름답고 무서운 심술쟁이

시커먼 떼구름 변덕쟁이
폭우는 생활 터전을 쑥대밭으로 할퀴고 간 요술쟁이

노루귀

산기슭 숲속
찬 겨울 눈 속에서
고난을 이기고
방긋 웃으면서 얼굴 내민
청아한 모습 아름다워

앙증맞은 넌
고귀하고 우아한 귀한 꽃

낙엽 뒹구는 소리에
놀라 잠에서 깨어났는지
바스스 꽃봉을 살포시 내밀며
봄을 부르네

흰색 보라색 청색 꽃
아름다운 색깔 뽐내며

꽃대 위에 한 송이 꽃
뽀송뽀송한 어린 노루귀
살포시 웃으며
봄을 맞이하네

비 내리는 곰배령

낙엽이 쌓여 뒹구는 길
걸으면 싸각싸각 밟히는
풍요로운 단풍길 곰배령길
청순한 늙은 소녀들이
아름다운 낭만의 산길을 걷는다
바스락 바스락 바스락 길
낙엽을 밟으며 오르는 길

불타는 빨간 노란 단풍길
자연의 신비롭고 감미로운
천상의 하늘고개
곰배령 고개

이제 산자락 내려오는 산길
가을비가 촉촉이 속삭이며
산속의 나무들을 적신다

여름 내내 초록빛 옷자락
빨간 옷 갈아입고
빨간색 길 위에 한 자락 추억 속
하늘 우산 쓰고 사뿐히 걷는 나

시인의 꿈

달 밝은 고요한 밤에
나 홀로 생각에 잠겨본다
지나간 문학기행 문예 창작반
몸은 비록 힘이 들지만
마음은 소녀시절로…

많은 시인 선배님을 볼 때
나도 해낼 수 있다는 기쁨
힘이 솟아난다
시니어들이여 힘내소서
할 수 있다는 주먹을 불끈 쥐고

하나님!
꽃가루 뿌리듯
시의 능력과 재능을 뿌려주소서

두 손 모아 상 속으로

내 마음은 호수처럼
잔잔한 물결 위로 날아오른다

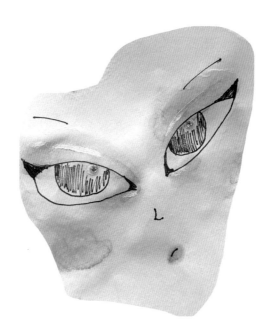

일출

이안 최순연

세상이 열린다
빠알간 빛의 순간이 내게로 왔다

오늘 다시 시작하는
흐름으로
새 아침이 열린다

세상이 벅차고 두렵다
나의 발걸음 하나하나가

순간순간이
나의 역사를 만들 것이다

일출과 일몰 사이에
오늘 내가 있고
이 순간이 나의 미래는
두려운 너만이 있다

허나
꿈은 이루어진다

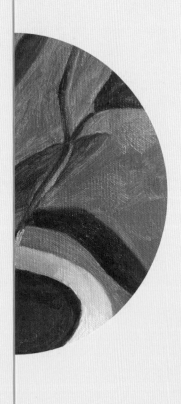

4
부

가 을 들 녘

새싹

매섭던 칼바람은 꼬리를 감추고
꽃들의 향연이 이어지던 날
고난의 세월은 흘러가고
새로운 마음으로 다시 태어난 나

아픈 맘 달래주려고 막내 아들
엄마 맘 위로 한다고
둘이서 벚꽃 터널을 달린다
마음의 슬픔 멀리 가란 듯

어느새 밖을 보니 연두색 향기
살랑살랑 고개 내민 채 안녕 방긋
벚꽃이 휘날려 소복소복
새싹들의 합창 소리
나무들의 숨 쉬는 울산 간절곶

봄 같은 겨울비

포근한 날씨 속 창밖의 빗방울
송골송골 왕방울
하늘에서 들어붓는 물소리

뿌연 물안개와 장단 맞춘 세레나데
하얀 눈 보고파서 어두운 밤
흰 눈 대신 소낙비 같은 물방울

가뭄은 해결하건만
내 맘은 기대에 못 미쳐
더욱더 내 마음 갈 곳을 잃어

빗속을 거닐며 흠뻑 젖은 내 몸
답답한 가슴은 시원해지네
눈물도 빗물도 흠뻑 젖었네

삶은 흐르는 강물이다

내 삶은 강물처럼 흐른다
여울목 깊게 팬 고난에 빠졌었고
구불구불 부딪친 물길에 상처도 입었다네
지치고 힘든 물보라 삶
고난을 헤치고 나가야 하는
한이 맺히고 얽힌 인생살이

유유히 흐르는 넓은 들 푸른 강물
흐르는 삶을 풍족하게 펼쳐주네
행복 꽃 찬란히 꽃피운 삶
야망과 꿈이 이루는 평원
멀리서 날아오는 새들의 보금자리
에메랄드 아름다운 녹주옥 물결

강물은 인생의 삶
흐르는 세월 따라 조용히 또 힘차게
기쁨과 슬픔 행복 불행 다 싣고

내 인생은 어디쯤 흐르고 있을까
넓고 넓은 바다에 다다르면
파도에 휩쓸려 인생 마감일까...

낙동강 추억

찰랑이는 파란 물결
강폭은 넓어지고
넓은 들 깨끗한 백사장
강나루 나룻배 한 척 외롭다

나풀거린 긴 수염
강바람에 그을린 얼굴
매일같이 하루를 웃으며
긴장대로 노 젓는 사공 할아버지
뱃사공 외딴집은 간 곳 없고
수양버들 한 그루 외로이 서 있네

우리 집 고향 가는 길
그른강 나루터
어릴 적 아버지 손잡고
그 배 타고 강 건너는 길은
산소 가시는 유일한 교통수단

출렁거린 강물 위에 물새들 날고
드넓은 백사장 가장자리
갈대 자란 곳 물새들 보금자리

아련한 추억 속의 환상들이
내 뇌리에서 떠나지 않고
신기하고 예쁘기만 한 모습들이
주마등처럼 솟아오르네
다리가 놓이고 사라진 고향길 나루터

행복한 얼굴

겹벚꽃 같은 아름다운 얼굴
창밖의 태양처럼
싱그러운 오월의 연둣빛 얼굴

지고지순한 사랑과 마음속의 평화
고난과 시험이 닥쳐와도
살며시 숨바꼭질하는 지혜로움

둥글게 그려 나가는 그림 속에서
새로운 희망의 꽃을 피우는 행복
아침이면 행복한 감사로 살고파요

이수도

햇빛 찬란한 오월
작은 배를 타고 쏜살같은 질주
바닷길을 갈라놓은 하얀 거품
철썩철썩 벌써 도착했네
이수도

바다와 숲이 어우러진 작은 섬
바람 소리 쏴아 쏴아
이름 모를 야생화 갈매기 소리 끽끽
이름 모를 야생화 예쁜 들꽃들
우거진 숲과 바윗돌
숨 가쁘게 오른
섬 정상 소나무 소슬바람 향기
내 마음을 시원하게 씻어주네

먼 지평선 붉게 탄 저녁노을
모든 슬픈 이의 안식처

자연의 힘 마음의 힐링
아름다운 기쁨을 흠뻑 뿌려주고
도가니로 몰고 가는 섬
참 아름다워라
주님의 세계

초겨울

창문을 여니 찬바람이 쏘옥 넘 차가워
창밖 소나무에서 지저귀던 이름모를 새들
겨울 준비 하느라 자기 둥지로 돌아갔네

나뭇가지에 걸린 단풍잎 대롱대롱
미소속에 머물다간 초록색잎
노랑 빨강 오색꽃 여미며
찬바람 속으로 휘날리며
마른 잎 예쁜 잎 옷자락 벗으며
겨울바람 속으로 사라졌네

벌거벗은 나뭇둥지 휘날리며
눈보라를 몰고오네
새하얀 눈꽃이 망울망울 감싸며
겨울바람 나무둥지에 새 옷 입히네
온 세상을 백설을 뿌려 놓았네
눈꽃이 대롱대롱 아름다운 자태

초록동산

세상의 모든 식물 나무들
키자랑 하면서 속삭인다
연초록 진초록 햇살에게
윙크하며

나를 더 사랑해달라고 온갖 애교떨며
하하 히히 능청스런 모습
예쁜 잎 모습 살랑살랑
햇님은 고민하네 누굴 더 사랑할꼬.

음 좋아 어깨 으쓱하면서
한껏 힘주어
이동산의 모든 초록과 예쁜 꽃들에게
골고루 빛을 주어
잘 자라거라
예쁜 꽃 피어라
사랑하노라
그대들이여.

평화롭게 영롱하게 살자
초록 동산 만들며

꽃잎

산책길 걸으면서 꽃잎을 본다
텅 빈 허공에 보슬비 맞으면서
뚝뚝 떨어진 너의 모습

온몸에 상처를 입으면서
바람의 세찬 기운에 이기지 못하고
꽃비가 되네
아픔에 이기지 못하는 생명체

가을들녁

에메랄드빛 푸른 하늘
새털구름 조각 둥둥 떠놀고
황금물결 일렁이는 논도가리
갈바람 휘감겨 춤을 춘다

덩더꿍 덩더꿍 덩더꿍
누렇게 익은 논두렁길
으쓱으쓱 어깨춤을 추며
흥겨운 발걸음 걷는다"

삼일절

3월의 하늘은 흐린 날과 비 내리는 날이 많다
독립운동 하면서 수많은 민족이
피와 슬픔을 노래하는 듯

목숨 걸고 태극기 흔들면서
울부짖던 그날이여
어찌 그리 용감한 선조님들
잘살고 있는 후손들 그 님들 덕분

10년 전 가족여행 갔던 상해
화려한 도시는 즐거움
한쪽 어느 한적하고 초라한
상하이 임시정부 2층의 좁은 공간

가슴이 아프다
집무실과 김구 선생님의 사진과
그 일행들 모든 조직과 단합

3월1일 방방곡곡 태극기 흔들며
울부짖든 그날
여행길에서 한없이 울었다
대한민국 만세~

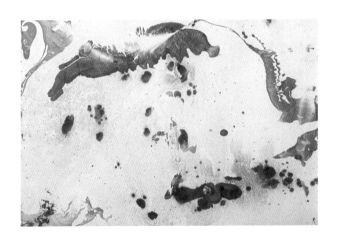

보릿고개

봄 햇볕이 뜨겁게 대지에 비빌 때
봄바람도 살랑살랑 춤추는
초록이 드리워진 보리밭 사잇길로
일생에 쌓인 추억으로 걷는다

세월이 지나간 6.25사변 후
보릿고개 시절 노랑 보리 이삭
치마폭에 쌓여 견디어 온 세월

된장, 푸성귀 나물 싹싹 비벼
맛있게 먹었던 그 시절
어머니의 솜씨가 그리워질 때
천국으로 가신 부모님 생각이
고향 뻐꾸기 울음같이 들려온다

요즘은 건강식품 보리밥
대접받는 시절로 변한 지금

추억을 못 잊어
한 번씩 보리밥 식당 찾는다
허전한 허수아비처럼

자운영

너를 찾아 떠나본 시골길
아스라이 모습은 보지 않고
내 머릿속 상상 화면처럼 스치는
그리운 모습들 아름다워라

우리의 삶에 도움 주는 생
인상 깊은 너에게 감사하노라
겸손한 마음으로 사랑하노라

인류의 삶에 너의 능력 발휘하고
예쁜 꽃 줄지어 번식하니
고마운 맘 두둥실 춤추고 싶네

논둑에 피었다가 거름 되어주니
친환경 속에 인류의 선구자
너의 이름 잊지 않겠노라

춤추는 양귀비

하트모양의 너의 모습
살랑살랑 온몸 흔들며
바람이 바짝 달라붙어
줄지어 선 넌
하늘하늘 실바람과 춤추며
속살거리는 고향의 노래

빠알간 초지장 같은
3단 드레스로 유혹을 일삼는
아름다운 자태는
무지개 꿈꾸는 꽃이어라

해 뜨는 아침 이슬 속에 투영되는
아름다운 너의 모습
누구나 사랑하고파 눈길 주는 너
인류의 마음 담은 사람같이
하늘 땅이 있어 행복한 터

잘 생기고 어여쁜 미녀들
뭇사람들은 널 비교하는

시
인
론
詩人論

이
안
최
순
연
시
詩

| 최순연 시집 서평 |

이안 최순연 시詩 시인론詩人論

김명길(시조시인 · 문학박사)

1. 이안 최순연 시인 시 여정(詩旅程)

이안의 황혼은 우아하다
아름답다. 상큼하다 빛난다.
찬란한 빛은 삶의 세계를 껴안고
한 폭의 수채화를 그린다.
일흔 고개 넘고 넘어서야
진종일(盡終日) 시를 배우고 읽고
저녁노을 마음 밭에서
습작(習作)하는 문학소녀
한 남자 아내 자녀들 어머니 손자들 할매
살아왔던 시적인생(詩的人生)
101살 22번째 전시회를 연 "미국의 해리 리버만"처럼
누에 고추에서 실을 뽑아내듯
한 올 한 올 옥고(玉稿)를 뽑아

소쿠리에 담고 또 담네
우아한 노을이 물들고
붉은 물감 뿌려진 시상(詩想)
활짝 핀 어사화 아름답다

　이안 첫 시집 "어사화" 탄생축하 축시(祝詩)다. 황혼시인
의 감칠맛 나는 텃밭경작을 축하한다. 시를 심고 가꾼 시
농부(詩農夫), 시(詩)나무 무럭무럭 잘 자라 어사화 아름답게
꽃 피운 최순연 시인을 축하한다.
　이안은 늦깎이 시인이다. 인생길 길고 긴 여정을 반추
하며 한가득 시로 채우는 싯구(詩句)들은 '인생 이모작' 시인
의 길을 펼쳤다.
　톨스토이는 "사람은 무엇으로 사는가?"에서 사람은 자
기가 원하는 것을 채우는 것이 인생이라고 보았고, 어떤
의미를 가지고 자극하며 사는 것이 중요하다고 했다. 자기
가 추구하는 것 중 문학을 찾아 시 창작을 배우고, 시를 짓
는 칠순이 넘는 노인들은 제이의 인생을 가장 값지게 선택
했다고 본다.
　시와늪에서 호산나시니어아카데미에서 지나 온 삶의 세계
를 되새기며 사색에 잠기고, 아름다운 시어로 이안 자신을
드러내는 즐거움은 글 쓰는 사람만이 느끼는 즐거움이다.

노년(老年)에 문학을 하는 노인이야말로 가장 행복하다. 아일랜드 시인 예이츠가 "영혼이 손뼉 치며 더 크게 노래하지 않는다면 노인은 하찮은 존재일 뿐"이라고 말했다. 그렇지만 최순연 시인은 손뼉치며 더 크게 노래하는 올곧은 시인으로 황혼의 나래를 펼치고 있다.

2. 이안 최순연 시 작품론(詩作品論)

1)사랑과 행복의 세레나데

~'아내의 길'을 중심으로

이안 시인의 작품(詩作品)들은 일상경험의 공간의식과 여행체험의 이미지, 그리고 순박한 삶의 고백적 시(詩)이다. 시상구성(詩想構成) 표출(表出)이 여유롭고 시적 존재의식이 강하다. 시어(詩語)가 생명의 나래를 펼친다. 시속에 삶을 담고 상상력을 일깨워준다. 이안의 마음이 가득 담은 따뜻한 시적언어들이다.

첫째 가슴 따뜻한 가정의 휴머니즘적 사랑이 넘친 시다. "어사화" 시집 속에서 제일 먼저 선정, 논의할 시는 "아내의 길'이다. 어머니와 같은 아내다. 어렵고 힘든 신혼살림을 차린 서정적 자아의 인생관을 노래했다. 아내로서 부인으로서 어머니로서의 가장 한국적인 여성상(女性像)을 그렸기에 '어사화'의 서시(序詩)로 이끌어내어 논의한다.

시적분위기가 포근하고 정겨움이 가슴에 스며든다. 풋풋한 사랑이 사무친다. 부부의 사랑이 솔잎처럼 살아나고 있다. 아들 딸 기르며 화목(和睦)한 보금자리를 가꾼다. 따뜻한 가슴으로 사랑을 꽃피운 고고(孤高)한 여인이다.

둘째 시어(언어)의 조탁(彫琢)은 기(氣)가 호탕(豪宕)하다. 이안 최순연의 시 "아내의 길"을 음미(吟味)해보자

푸른 꿈 어진 새색시가
사랑이 넘친 삶의 길을 찾는다
희망을 가득 머리에 이고
널따란 길 빛나는 길
환희가 넘친 길을 찾는다
그 길은 사랑과 진실이 가득한
생명의 삼투압 길 텃밭에
새싹들이 고개를 내밀면
하루 종일 종종걸음 걷고 뛰어
무명 적삼 땀에 흠뻑 젖으면
환희와 기쁨이 넘친 행복의 길이 열린다
어둠이 지붕 말랭이에서 내려오면

젖을 빨았던 푸른 애솔들이 어우러져
재피방에 꽃길이 화들짝 펼쳐진다
이제는 백발이 다된 새색시
삶의 거센 파도를 헤치고
세월의 물결 속에 헤매던
삶의 푯대는 황혼과 함께
기쁨과 환희로 가득차고
질곡의 세월을 포근히 감싸 안고
마음과 영혼은 맑고 평화롭게
황혼의 길을 걷는다

『아내의 길』전문

이안의 '아내의 길'은 황혼의 늦깎이 시인으로 등단하였지만, 활동이 왕성한 시인들의 시처럼 멋진 창작시(創作詩)다. 주옥같은 시어(언어)의 조탁이다. 시어 배열이 참신하고 뛰어나다. 이안의 일생신변잡기 표현이다. 시 속에 평생 체험한 아니 가슴 속 깊은 곳에 간직했던 도학군자(道學君子)의 의식세계를 펼쳤다.

"사랑이 넘친 삶의 길을 찾아 / 희망을 가득 머리에 이고 / 널따란 길 빛나는 길 / 환희가 넘친 길을 찾는다"

새 색시의 푸른 꿈. 신혼살림의 꿈은 크다. 희망을 머리에 가득 이고 가는 길이다. 여성으로서 걷는 가장 위대

하고 고귀한 길이다. 아내의 길이다. 어머니의 길이다. 그 길을 걷는 시인의 가족결합은 절묘하고 완전한 황금률(黃金律)이다. *김우영:홍원기 시인의 시세계 여정(詩世界 旅情) 2016.1. 디트news24 서정적 자아의 푸른 꿈이 꽃처럼 화사하게 피어난다, 행복한 꿈이 송골송골 이뤄진다.

"그 길은 사랑과 진실이 가득한 / 생명의 삼투압 길 텃밭에 / 새싹들이 고개를 내밀면 / 하루 종일 종종걸음 걷고 뛰어 / 무명적삼 땀에 흠뻑 젖으면 / 환희와 기쁨이 넘친 행복의 길이 열린다"

'아내의 길' 속에 흐르는 근본정신은 사랑이다. '생명의 삼투압 길 텃밭'처럼 사랑이 꽃핀다. '새싹들이 고개를 내밀면'은 아들딸의 탄생이다.

함축과 내포된 이상과 상상이 나래를 펼친 시들이다. 폭넓은 삶의 인식(認識)이 내재된 시다. 남들이 보지 못한 예리한 관찰력이 뛰어난 시다.

생명의 삼투압 길 텃밭에 / 새싹들이 고개를 내밀면 / ~ / 무명적삼 땀에 흠뻑 젖으면 / 환희와 기쁨이 넘친 행복의 길이 열린다'의 표현은 환상적이다. 사랑의 결실을 시적조어(詩的造語)로써 아들 딸 출생을 '새싹들이 고개를 내민다' 등의 시상구성(詩想構成)이 빼어난다.

"어둠이 지붕말랭이에서 내려오면/젖을 빨았던 푸른 애솔들이 어우러져/재피방에 꽃길이 화들짝 펼쳐진다" 젊은 신혼살림 가정 모습을 한 폭의 詩的수채화를 그렸다. '지붕말랭이' '푸른 애솔들' '재피방' 등 시어는 6~70년대 우리들 생활의 터전이었다. 재치 있는 싯구(詩句)들이다. 체험의 미학이다. 경험의 결실이다.

마지막 시련(詩聯)은 현실이다. 황혼의 이안이다. "아내의 길"의 마무리이다. 시인의 시적의지(詩的意志)가 삶의 욕망에서 길러졌었고, 시작활동(詩作活動)은 기쁨과 환희로 넘쳐난다. 최순연 시인은 오늘도 질곡의 세월을 포근히 감싸 안고 마음과 영혼은 맑고 평화롭게 황혼문학의 길을 걷는다.

2) 손녀의 순수한 할머니 사랑 그림 꽃

~'꿈을 키우는 마음'을 중심으로

〈꿈을 키우는 마음〉은 외손녀를 노래한 시다. 세상 빛도 놀란 외손녀가 태어난 울음소리로 시상(詩想)은 전개된다. 이안에게 외손녀가 태어난 그날은 세상 전부를 가진 기분이다. 하늘을 날아가는 사랑과 감정이 벅찬 기쁨이다. 조선 중기 "이문건(1494 - 1567) 선비가 58세에 대를 이을 손자(守封)를 얻고 매우 기뻐하였다는 기록, 그리고 손자가 가통을 잇는 군자다운 인물이 되도록 교육하고 성장과

정을 기록"한 양아록(養兒錄)은 조부모가 지은 우리나라 최초 육아일기다. 수봉은 할아버지의 가르침에 성장, 임진왜란 때 의병장이 된다.

그런데 최순연 시인의 외손녀에 대한 바람과 꿈은 유치원을 다니면서 재능이 발굴되고 놀라울 정도로 기쁨을 안겨준다.

"유치원 다녀오면 그림 한 장 그리고 / 할미 앞에 재롱 피우던 아기 이다운 / 마음이 숭굴숭굴 마음씨 너그럽고 / 값진 꿈과 끼를 안겨 준 외손녀"

외손녀와 생활공간은 작은 천국이다. 환한 웃음꽃이 피어난다. 외손녀는 동료이자 단짝이기도 하다. 유치원 갔다오면 '그림 한 장' 그려오고, 온 가족이 모인 곳에서 '재롱 피운 아기' 연기자가 된다. '마음씨도 너그러운' 아기천사는 '꿈과 끼'를 공부하는 학생이 되었다.

"어릴 때 미술대회 나가면 / 최우수상만 타던 우리 아기 고사리 같은 손으로 곧잘 하더니 / 이제는 어엿한 대학생이 되었네" 어느새 아기천사가 미적(美的) 아름다움을 개발하고 실천하는 의젓한 대학생이 되었다. 바늘구멍 같은 유학길 뚫고 일본 교토예술대학교 미대유화학과에 합격하였다. 장학금도 받았다. 환희의 함성이 터지고, 가족 모두 기쁨의 꽃이 활짝 피었다.

"훌륭한 색채 그림조화 타고난 소질 꿈을 찾아 / 너의 큰 소망 이루거라 할매는 기도할게" 할머니 최순연 시인의 기도약속이 속전속결로 이루진 기이한 일이다. 외손녀에게 꿈과 끼를 안겨 주려고 시를 짓고 기도 속에서 대학생이 된 손녀의 그림이 "어사화" 시집에 할머니 시와 함께 책으로 나온다.

빼어난 색채와 아름다움, 그림사색에 잠기는 조화로운 구성, 타고난 미적감각(美的感覺) 꿈을 찾아 큰 꿈을 이루라는 외할머니 시인의 시는 소원을 이루는 기적의 시다. 기적의 '어사화'다.

3) 자연은 물감이 뿌려져있는 공간체험장이다
~'화개장터'와 '가을들녘'을 중심으로

이안은 여행을 즐긴다. 가는 곳마다 시를 많이 남겼다. 자연에 안겨 시적감흥(詩的感興)을 불러일으킨다. 철따라 자연에 흠뻑 뿌려진 색감에 따라 이안 최순연 시인은 객체를 주체화 하고 한 편의 시를 지어낸다. 여행은 삶이다. 여행은 인생이다. 서정적 자아의 체험노래다. 그 체험은 자연과 서정적 자아와 한 몸이 되는 물아일체(物我一體)가 되는 것이다. 한 편의 시가 펼쳐진 자연 속에 묻히는 것이다. 그리고 서정적자아는 노래한다.

〈화개장터〉는 섬진강의 가항종점(可港終點) 특성으로 예부터 5일장이 선 곳이다. 관광산업의 발달로 관광객이 몰려든 고이다.

"시월 해거름 마지막 날 / 단풍잎 나부끼는 저녁노을 "햇님은 서산에 걸터앉아 / 빨알간 홍시처럼 인사하네 〈화개장터 1연〉

하루가 마무리되는 "화개장터" 자연배경 공간이다. 한 장의 그림이다. 곱게 저녁놀을 그린 수채화다. 시월의 가을 저녁노을을 실감나게 시상(詩想)을 전개시켰다.

'햇님이 서산에 걸터앉아' '홍시처럼 인사한다'의 시상전개는 자연을 인격화시켜 서정적자아의 미의식을 부각시켰다. 아름다운 그림이다.

"경상도 전라도의 노랫가락에 / 관광객 몰려들지만 / 화개花開는 보이지 않고/ 만추晩秋의 해거름 / 내 마음속 시詩들이 나부낀다 /"

인용 싯구(詩句)는 '화개장터' 3연이다. 지리산 남쪽 섬진 강 동쪽에 있는 지역으로 고려 때 쌍계사(雙磎寺)로 가는 길목의 벚꽃이 만발하는 곳에 있다 하여 화개라는 명칭이 붙었다. 화개천(花開川) 물이 섬진강과 만나는 곳이다. 옛날부터 그곳에 장(場)이 섰다. 화개장터에서 시인은 화개(花開)를 찾는다. '늦가을의 해거름에 화개花開는 보이지 않고 이안의 마음속에 시詩들이 떠오르는' 시적언어유희의 멋진 표현이다.

〈가을들녘〉은 한 폭의 수채화다. 오곡이 무르익은 가을풍경이다. 황금들녘 인생체험의 시다. 논두렁길 체험이다. 시적 형상화다. 들판의 풍요다. 농촌 가을들녘의 풍성함이 엿보인다. 농촌생활의 경험이 밑바탕에 펼쳐있다.

"에메랄드빛 푸른 하늘 / 새털 구름조각 둥둥 뛰놀고 / 황금물결 일렁이는 논도가리 / 갈바람 휘감겨 춤을 춘다 / 덩더꿍 덩더꿍 덩더꿍 / 누렇게 익은 논두렁길 / 으쓱 으쓱 어깨춤을 추며 / 흥겨운 발걸음 걷는다"〈가을들녘 2연〉높고 푸른 가을 하늘, 황금물결 일렁이는 벌판풍경, 갈바람 휘감긴 벼 등 농촌에서 시적자아가 들판을 걷고 체험한 정경이다. 가을들녘 최순연 시인은 자연공간에 푹 빠져든다. 가을색 물감이 뿌려진 자연과 몰아일체(沒我一體)가 되었다. 자연과 한 몸이다. 시적 직감력에 체험이 재구성된다.

생명에 대한 새로운 가치평가 즉 의미의 부여이다. 풍

년이 들면 온 나라 방방곡곡이 풍성하다. 지금 서정적 자아는 풍년의 논두렁길을 걷고 있다. 이는 곧 시적 체험의 형상화다.

해거름 가을들녘은 환상의 세계다. 함안 둑방길은 한 폭의 수채화다. 멋진 그림이다.

4) 부부사랑이 녹아내린 "태풍"

~ 시와늪 50집 신인등단 심사평全揭示

'태풍'에 등장한 서정적 자아는 부부의 인연을 맺어 일평생 사랑하고, 아들 딸 낳아 기르며 같이 일하고, 평생을 살아온 반려자이다. 남편은 지금 심장병에 걸려 사경死境을 헤매고 있다. 절망 속에서 늙은 몸으로 남편의 병수발 드는 것은 참으로 힘든 일이다. 더구나 문학에 굶주린 황혼의 칠순 시인이 젊은이 못지않게 삶의 세계를 시로 표현한다는 것은 굳은 의지가 없으면 이루어내기 힘든 일이다. 밀란 쿤데라는 "서정시는 어떤 진술도 당장 진리가 되는 영역이다. 시인이 어제는 '인생은 눈물의 골짜기'라고 하고 오늘은 '인생은 미소의 땅'이라고 하더라도 모두 그는 옳다. 유일한 증거는 시인 자신이 가진 감정의 강렬함뿐이다.

"〈생은 다른 곳에서〉 이는 서정시에 대한 옳은 평가는 아니다. 하지만 서정시인의 강렬한 토로가 지니는 위험함을 경계하는 풍자적 진술로 보이며, 최순연 시인의 '태풍'은 밀란 쿤데라의 서술과 같이 현실의 절박한 삶을 있는 그대로 격정적으로 노래한 시이다.

　"빼어난 의료기술 / 큰 병원 찾아가는 날 / 창백한 얼굴 헐떡거리며 이따금 거친 숨소리 / 태풍이 바쁜 걸음으로 성큼성큼 따라 와 / 세찬 바람이 나무들을 흔들고 부러뜨리고 / 전봇대는 엿가락처럼 휘어지고 부러지고 / 온 천지가 태풍 눈 따라 춤을 춘다"

　〈태풍 1연〉 첫째 연은 시인 남편의 병이 절박한 상황이다. 시인이 살고 있는 작은 병원에서는 치료할 수 없는 진단이 내리자, 명의가 있는 큰 병원으로 가는 중이다. 지금 환자가 탄 차는 고속도로를 달리고 있다. 창백한 얼굴 숨소리도 가쁜 '일각이 여삼추'인데 태풍이 뒤따르고 있다. 강풍으로 나무가 부러지고, 전봇대가 휘어지고 동강나며 하늘과 땅이 아수라장이 된 정경이다. 태풍의 소용돌이를 헤치고 나가야 한다. 숨이 멈추기 전에 명의가 있는 큰 병원에 가야 한다는 절박함이 있다. 태풍과 함께 큰 병원을 찾아가는 길-차창 밖에 보이는 정경은 불안과 초조, 공포의 도가니이다.

"진료쪽지 들고 영상진단실 순례 / 마스크 끼고 눈방울 빠끔 내민 명의 / 사진 여러 장 컴퓨터 뒤척뒤척 / 세 번의 심장수술을 해야한다 / '수술하면 80프로는 살 수 없다 / 그리고 칠십 중반 노인 수술은 어렵다 / 슬픈 진단 - 태풍이 덮쳤다 / 내 마음 녹아내리는 절망의 구렁텅이 / 먹구름이 온 집안을 휘감았네"

〈태풍 2연〉둘째 연은 병원 안이다. 명의 지시대로 기초진료실, 영상진료실에서 여러 장의 사진도 찍고 진찰도 받았다. 명의는 컴퓨터에 나타난 사진들을 관찰하고 최종 판단을 내린다. 칠순이 넘은 환자는 '수술하면 생존율이 20%밖에 안 된다. 칠십이 넘은 노인은 수술이 어렵다.'는 말과 함께 약물치료를 제시한다. 명의의 슬픈 진단과 함께 순간 최순연 시인에게 태풍이 온몸을 덮친다. 희망을 갖고 꺼져가는 남편의 생명을 구하기 위해 비바람이 휘몰아치는 태풍의 소용돌이를 헤치고 달려왔지만 '먹구름이 온 집안을 휘감았다. 시인은 절망의 구렁텅이에서 탈출을 시도한다.

"아 하나님 어쩌면 좋아요 / 어둡고 고달픈 긴 세월의 터널을 뚫고 / 푸른 행복을 찾아 여기까지 달려왔습니다. / 주여! 우리를 사랑의 가슴으로 안아주소서 / 비바람 불

어도 기도로 울부짖었다 / 비풍참우悲風慘雨의 늪에서 허우
적거리며 / 태양이 솟아 밝은 빛을 비칠 때까지 / 매일 밤
눈물범벅 기도를 드렸다"〈태풍 3연〉셋째 연은 시인 스
스로 온몸을 기도로써 구원의 나래를 펼친다. 병원을 오가
며 치료를 받은 남편의 아픈 나날들을 '어둡고 고달픈 긴
세월의 터널'로 표현했다. 시인은 칠순이 넘는 나이이지만
남편에 대한 사랑과 가정의 푸른 꿈을 찾아 줄기차게 달려
왔다. '주여 사랑의 가슴으로 안아 주소서!' 태풍이 몰아치
는 이 순간에도 울부짖는다. 비풍참우悲風慘雨의 늪에서 벗
어나려고 발버둥친다. 어둠이 태양에 쫓겨 물러갈 때까지
기도로써 새하얀 밤을 보냈다.

　"태풍이 세 번이나 몰려온 혼돈상태 / 고통을 비바람 속
에 가득안고 / 큰 병원 오르내리기 육십육일 / 끈질긴 약
물치료로 명의는 먹구름을 쓸어냈다 / 태풍과 비바람이
싹쓸어 버렸다 / 드디어 살아난 내 일생의 님 / 감사와 환
희! / 더덩실 신명난 춤사위 한 판 솟고라진다 / 밝은 태
양이 떠있고 세상이 아름답게 빛난다"

　〈태풍 4연〉마지막 넷째 연의 서정적 자아는 집과 병원
을 오가며 환자를 돌보는 시상詩想을 전개하고 있다. 남편
은 큰 병원 입원실에서 물리치료를 받고, 시인은 매주 환

자가 즐겨먹는 밑반찬을 마련해 서울을 오르내렸다. 그 기간이 두 달 육일(육십육일)로 태풍이 세 번이나 상륙해 지나간 곳마다 쑥대밭을 만들었다.

태풍이 오면 혼돈의 나날이다. 자연은 혼란 속에 빠져든다. 시인은 '고통을 비바람 속에 가득 안고' 남편을 위한 사랑으로 가득하다. 칠순 할매의 헌신적인 사랑은 긴긴날의 심장병을 완쾌시킨 황혼의 사랑이다. 명의의 뛰어난 약물치료는 늙은 환자의 병마 고통에서 해방시켜 준 쾌거이다. 광화문 광장에 나가 '더덩실 신명난 춤사위 한 판이 솟고라진다.' 태양도 밝게 떠 있고, 세상이 아름답게 빛난다.

이안 최순연 시인은 텃밭에 시를 심고 가꾼 시작농부詩作農夫. 한평생 가슴에 시詩를 품은 한限의 철학이다. 생기가 넘치는 삶과 인생철학이다. 일상생활의 경험철학이 시詩로 녹아내렸다. 시적정서詩的情緖가 흐르는 삶의 세계가 뿌리 깊게 자리 잡고 있다.

시인의 시와 외손녀의 그림이 어우러져 '어사화'꽃이 활짝 피어난 시집을 축하드린다. 손녀의 밑그림에 할머니의 진솔한 시적 언어가 하늘 끝까지 펼쳐지기를 기도드립니다.

어사화

최순연 시집

초 판 인 쇄	|	2024년 8월 15일
발 행 일 자	|	2024년 8월 20일
지 은 이	|	최순연
그 림	|	이다운
펴 낸 이	|	김연주
펴 낸 곳	|	도서출판 성연
등 록	|	(등록 제2021-000008호) 경남 창원
홈 페 이 지	|	https://cafe.daum.net/seongyeon2021
사 무 실	|	창원시 성산구 대원로 27번길 4(시와늪문학관 내)
디 자 인	|	배선영
편 집 인	|	배성근
대 표 메 일	|	baekim2003@daum.net
전 자 팩 스	|	0504-205-5758
성 연 전 화	|	010-4556-0573
정 가	|	15,000원
I S B N	|	979-11-986868-3-1(03800)

이 도서의 출판예정도서목록(CIP)은 979-11-986868-3-1(03800)
국립중앙도서관 서지정보유통지원시스템 홈페이지(http://seoji.nl.go.kr/)와
국가자료목록시스템(http://www.nl.go.kr/kolisnet)에서 이용할 수 있습니다.